De la même Autrice :

Romans grands caractères en **Police 18** :

- **Le Mas des Oliviers**, *BoD*, 2022
- **Le cadeau d'Anniversaire**, *BoD*, 2022
- **Autour d'un feu de cheminée**, *BoD*, 2022
- **En cherchant ma route**, *BoD*, 2022
- **Le hameau des fougères**, *BoD*, 2022
- **La fugue d'Émilie**, *BoD*, 2022
- **Un brin de muguet**, *BoD*, 2022
- **Le temps des cerises**, *BoD*, 2022
- **Une Plume de Colombe**, *BoD*, 2022
- **La dame au chat**, *BoD*, 2022
- **Un secret**, *BoD*, 2022
- **La conférencière**, *BoD*, 2022
- **L'étudiant**, *BoD*, 2022
- **Un week-end en chambre d'hôtes**, *BoD*, 2022
- **L'héritière**, *BoD*, 2022
- **On a changé de patron**, *BoD*, 2022
- **Un automne décisif**, *BoD*, 2022
- **Disparition volontaire**, *BoD*, 2022

***

Romans grands caractères en **Police 14** :

- BERTILLE **L'Amour n'a pas d'âge**, *BoD*, 2021
- BERTILLE **Les Candélabres en Porphyre**, *BoD*, 2020
- BERTILLE, **Les lilas ont fleuri**, roman, *BoD*, 2019

(d'autres parutions à venir... voir le site de l'autrice)

Romans et livres **Police 12** :

- **La Douceur de vivre en Roannais**, roman, *BoD, 2018*
- **Une plume de Colombe**, nouvelles, *BoD, 2017*
- **New York, en souvenir d'Émile**, roman, *BoD, 2017*
- **Croisière sur le Queen Mary II**, roman *BoD, 2016*
- **La Villa aux Oiseaux**, roman, *BoD, 2015*
- **La Retraite Spirituelle**, roman, *BoD, 2015*
- **Recueil de (Bonnes) Nouvelles**, *BoD, 2014*

***

Aventures Jeunesse (9-14 ans) :

- **Farid, la Trilogie**, *BoD, 2014*
- **Farid et le mystère des falaises de Cassis**, *BoD, 2009*
- **Farid au Canada**, *BoD, 2009*
- **Farid et les secrets de l'Auvergne**, *BoD, 2009*

***

Thriller religieux :
- **In manus tuas Domine...**, *BoD, 2009*

Site de l'auteure : www.isabelledesbenoit.fr

© Isabelle Desbenoit, 2022
Édition : BoD • Books on Demand GmbH, In de Tarpen 42, 22848 Norderstedt (Allemagne)
Impression : Libri Plureos GmbH, Friedensallee 273, 22763 Hamburg (Allemagne)
ISBN : 978-2-3224-2628-7
Dépôt légal : mai 2022
Tous droits réservés pour tous pays

UNE PLUME DE COLOMBE

Isabelle Desbenoit

Il y a maintenant trois mois que Georges m'a quittée... Nous avions soixante-deux ans de vie commune. Désormais, comme la solitude me pèse ! Nous vivions depuis si longtemps tous les deux... Malheureusement, notre enfant unique était mort à l'âge de quatre ans d'une méningite foudroyante et nous avions mis bien des années pour remonter la pente de ce deuil insupportable. Puis, sans oublier notre cher petit Daniel, nous avions petit à petit compris que, s'il était heureux autre part, nous devions continuer à vivre du mieux que nous pouvions notre existence sur cette terre. La rencontre d'autres parents endeuillés au sein d'une association nous avait beaucoup soutenus et nous avions retrouvé un certain équilibre en nous raccrochant à notre amour.

Ainsi, nous nous suffisions l'un à l'autre surtout depuis que nous étions venus nous installer dans le Sud-Ouest, dans cette banlieue résidentielle, à quelques kilomètres de Bordeaux. Nous n'avions que très peu de contacts avec nos voisins. Ceux-ci partent le matin et rentrent le soir... Aussi, après de timides tentatives pour lier connaissance, nous nous étions un peu repliés sur nous-mêmes. Nous avions bien nos amis de Tours où nous avions habité jusqu'à notre retraite, à qui nous téléphonions, mais sinon, notre vie sociale n'était pas franchement développée. Nous parlions un peu aux commerçants en allant chercher nos victuailles au village, cela nous suffisait. Nous nous entendions si bien que nous n'en souffrions pas. Le quotidien nous occupait, nous discutions de l'actualité, de nos souvenirs, de choses anodines… Combien le vide laissé par mon cher époux est grand… Bien sûr, je le sens toujours près de moi, je lui parle, quelquefois même à voix haute, mais cette solitude est bien difficile.

Et puis il y a deux semaines, il devait être plus de deux heures du matin et je ne dormais toujours pas... Une tristesse infinie m'avait envahie : à qui donner maintenant tout cet amour qui débordait de mon cœur ? Je n'avais pas la santé pour m'occuper d'enfants ou faire du bénévolat quelque part, je n'avais nulle amie de cœur avec qui m'épancher ; ma meilleure amie étant elle aussi décédée depuis cinq ans, à mon âge, on a beaucoup d'amis disparus... Mais ce besoin de donner, de partager quelque chose avec d'autres me devenait comme un tourment au fil des jours. Je me sentais si inutile, préparant mes repas seule, mangeant seule, passant mes journées comme une âme en peine. Soudain, cette nuit-là, m'est revenu, je ne sais trop pourquoi au juste, le souvenir du documentaire qui avait défrayé la chronique il y a déjà bien des années... Une histoire de « corbeau », de lettres anonymes qui avaient déséquilibré tout un village. Je revois quelques scènes de la reconstitution qui défile dans mon cerveau fatigué. Soudain, – *et je pense bien que Georges n'y est pas pour rien lui que je sens encore si proche* –, une idée me traverse : et si je devenais non pas un « corbeau » mais une « colombe » anonyme ? Si je postais des lettres d'amitié, d'encouragements, d'amour, dans les boîtes de tous ces voisins que je ne connais pas ? Ces dizaines de maisons devant lesquelles je passe au hasard de ma promenade quotidienne... Si je déposais, à chaque fois dans une boîte à lettres différente une belle missive fabriquée artistiquement, écrite dans une belle calligraphie avec un message de paix, d'amour, de joie... ?

Je sais bien que maintenant plus personne n'écrit et que tout se fait par téléphone ou par internet mais justement, pourquoi pas ? Ma tristesse s'envole et je me prends à rêver au doux sourire que je ferai naître sur les lèvres de la mère de famille qui rentre le soir, fatiguée de sa journée de travail...

Je ne me suis jamais mise à Internet, avec mon mari, nous aimions la vie réelle et puis la télévision nous suffisait largement. Si nous avions eu des petits-enfants peut-être que ceux-ci nous auraient montré et que nous aurions eu un ordinateur...

Après une grande heure d'insomnie encore, je sombre dans un sommeil agité. Dès le lendemain, je prends la voiture pour me rendre dans une grande surface où l'on vend toutes sortes de choses pour faire des travaux manuels. Ce n'est pas mon petit trajet habituel jusqu'au village, mais je suis tellement motivée que je ne panique pas et prends la rocade avec assurance. Il faut dire que la cohue du début de matinée est passée et que la circulation reste fluide.

Arrivée dans la grande surface, j'ai déjà un plan en tête et j'avise une jeune vendeuse.

— Bonjour, je cherche un nécessaire à courrier pour ma petite-nièce, mais avec pas mal de choses pour décorer les lettres, je voudrais lui acheter une sorte d'assortiment, en fait.

— Quel âge a votre petite-nièce ? me demande aimablement la vendeuse.

Aïe ! Je n'avais pas anticipé la question. Évidemment, elle va m'adresser au rayon pour enfants, je vais donc m'inventer une petite-nièce déjà grande !

— Elle a dix-sept ans déjà, elle s'intéresse à la calligraphie et aime beaucoup écrire, peindre, dessiner…

— Je pense que j'ai ce qu'il vous faut, nous avons un rayon très fourni pour ce que l'on appelle le « *scrapbooking* », je vais vous montrer…

Effectivement, il y a de quoi faire ! Concentrée sur mon objectif, je remercie aimablement la jeune fille et lui dis que je vais prendre le temps de regarder et que, si j'ai une question, je ferai de nouveau appel à elle. J'ai vu qu'elle était en train de déballer des cartons, inutile de la retenir… Je vais me débrouiller comme une grande et puis ce sera plus discret. J'y passe du temps, je choisis différents papiers, des enveloppes assorties, des pastels, des crayons de couleur, de l'encre et des plumes, divers accessoires de décoration à coller et, ô miracle, je trouve un tampon représentant une colombe stylisée ! Voilà qui fera une excellente signature anonyme ! Perdue dans mes achats je ne vois pas l'heure passer et lorsque je ressors du magasin il est une heure déjà, je commence à avoir l'estomac dans les talons…

Heureusement, comme à l'aller, la route est peu encombrée. En arrivant, j'ai une faim de loup et je n'ai rien préparé du tout ce matin ! Mais je trouve vite un repas dans le congélateur. Quelle bonne idée m'a donnée Pierrette, mon amie de Tours, elle m'a tout de suite encouragée à continuer à cuisiner comme d'habitude quand je me suis retrouvée seule. Il me suffit, à l'aide de petites boîtes en plastique, de congeler les portions restantes. Cela me permet de continuer à préparer de bons repas comme j'aimais le faire pour mon mari, mais ainsi je cuisine un jour sur deux. Léon, le mari de Pierrette, a été épatant, il s'est occupé de me faire livrer ce petit congélateur que j'ai installé dans la buanderie, là où je pouvais lui trouver une place et le brancher facilement.

Auparavant avec Georges, nous avions toujours cuisiné les repas au jour le jour et nous n'avions jamais éprouvé le besoin d'avoir ce genre d'équipement. Nous faisions des petites courses tous les jours et ne mangions que des aliments frais. Mon cher mari appréciait beaucoup ma cuisine, il était toujours content de tout et cela m'encourageait à le surprendre avec de nouveaux plats que je trouvais dans des magazines. Mais mes valeurs sûres, ma blanquette et mon pot-au-feu avaient sa préférence. Il n'était pas très « sucré » mais un bon entremets de temps en temps ou une pâtisserie lui faisaient plaisir au goûter.

Le soir nous mangions peu : une soupe, un petit complément protidique comme un œuf ou une tranche de jambon et un fruit nous suffisaient puisque nous avions pris une collation dans l'après-midi. Aujourd'hui je suis donc très contente de trouver dans mon congélateur une part de cannellonis aux épinards que j'ai préparés la semaine dernière. Cela devrait me caler. Ma vaisselle faite, je ne tarde pas à aller me coucher pour une petite sieste réparatrice, la nuit a été si courte et j'ai l'habitude de m'étendre au moins une demi-heure après le repas même si je ne dors pas toujours.

Fatiguée, je n'émerge que vers quatre heures ! Un thé avalé bien chaud avec une petite part de tarte aux pommes et je me mets au travail. Il faut d'abord que je cherche des textes qui pourront convenir : vais-je les inventer moi-même ou recopier des textes d'auteurs ? Mon choix est vite fait : je préfère de loin piocher dans notre bibliothèque fournie pour commencer. Sinon, j'ai peur de faire des fautes d'orthographe ou de mal exprimer certaines choses. Je ne suis allée en classe que jusqu'au certificat d'études et même si je lis tous les jours, je ne suis pas assez sûre de moi pour inventer pour l'instant... Je vais donc déjà essayer de trouver de beaux textes, de beaux poèmes...

Pour commencer, je choisis deux textes qui me parlent et semblent bien adaptés à ce que je veux faire. J'ai tout de suite pensé au livre, si joliment illustré, que nous avait offert un de nos amis pour nos cinquante ans de mariage. Il contient des textes courts sur l'amour, la paix et l'espérance, je suis certaine que je vais y trouver mon bonheur. Le texte des quatre bougies me semble parfait :

« *Les 4 Bougies*

Les quatre bougies brûlaient lentement.
L'ambiance était tellement silencieuse
Qu'on pouvait entendre leur conversation.

La première dit :
« Je suis la Paix ! Cependant personne n'arrive à me maintenir allumée.
Je crois que je vais m'éteindre ». Sa flamme diminua rapidement,
Et elle s'éteignit complètement.

La deuxième dit :
« Je suis la Foi ! Dorénavant je ne suis plus indispensable, cela n'a pas de sens
Que je reste allumée plus longtemps. »
Quand elle eut fini de parler, une brise souffla sur elle et l'éteignit.

*Triste, la troisième bougie se manifesta à son tour :
« Je suis l'Amour ! Je n'ai pas de force pour rester allumée.
Les personnes me laissent de côté et ne comprennent pas mon importance.
Elles oublient même d'aimer ceux qui sont proches d'eux. »
Et, sans attendre, elle s'éteignit.*

*Soudain... Un enfant entre et voit les trois bougies éteintes.
«Pourquoi êtes-vous éteintes ?
Vous deviez être allumées jusqu'à la fin. »
En disant cela, l'enfant commença à pleurer.*

*Alors la quatrième bougie parla :
« N'aie pas peur, tant que j'ai ma flamme nous pourrons allumer les autres bougies,
Je suis l'Espérance ! »*

Avec des yeux brillants, l'enfant prit la bougie de l'Espérance... Et alluma les autres.

*Que l'Espérance ne s'éteigne jamais en nos cœurs et que chacun de nous
Puisse être l'outil nécessaire pour maintenir l'Espérance, la Foi, la Paix et l'Amour ! »*
Anonyme

Puis le texte de Jean Debruynne me saute au cœur, il sera parfait aussi :

« Les Béatitudes de la paix :

Paix à toi, le pauvre à bout de souffle,
C'est l'Amour qui parle en toi.
Paix à toi, le cœur amoureux,
C'est l'Avenir qui frappe en toi.
Paix à toi qui cries,
C'est l'Espérance qui crie en toi.
Paix à toi qui as mal au ventre de Justice,
C'est le désir qui t'affame et t'assoiffe.

Paix à toi, le cœur battant,
C'est la tendresse qui tisse en toi.
Paix à toi, le veilleur,
C'est le jour qui se lève en toi.
Paix à toi, l'ingénieur de paix,
C'est Dieu qui emprunte ton visage.
Paix à toi, le torturé de Justice.
Tu es libre.

Jean Debruynne

Voilà, je vais pouvoir commencer une lettre, je vais y mettre tout mon cœur et je ressors mon livre de calligraphie pour être sûre de ne pas me tromper dans le dessin des belles majuscules que je projette de former à chaque début de ligne. Je choisis un papier mauve sur lequel j'écrirai avec de l'encre blanche afin que le texte se détache bien.

C'est vrai que l'on m'a souvent dit que mon écriture était belle… J'ai toujours eu le premier prix d'écriture à l'école… Et d'ailleurs, un de mes prix a été ce livre de calligraphie jauni par le temps mais encore très lisible. Comme quoi j'ai bien fait de le conserver…

Georges bougonnait parfois en me disant que je devrais quand même donner certaines choses mais j'en étais incapable. Lui avait une facilité beaucoup plus grande à ne pas s'attacher aux objets.

C'était un de nos rares sujets de petites disputes mais mon mari comprenait aussi mon besoin de m'entourer de choses qui me sécurisaient en me rappelant mon enfance ou ma jeunesse. En ce qui concerne notre enfant, au fil des années, j'ai donné la quasi-totalité de ses jouets et de ses vêtements et je n'ai gardé qu'une boîte à chaussures avec son petit pull vert et blanc à rayures que je lui avais tricoté et qu'il aimait beaucoup ainsi que quelques dessins. Le carton est rangé dans le haut de l'armoire dans la buanderie, je sais qu'il est là mais je ne le sors plus. Quand je range du linge de maison dans cette armoire, je jette un coup d'œil sur le carton et j'ai une pensée d'amour pour mon petit, c'est tout ; l'apaisement est là, je sais qu'il a retrouvé son papa là-haut et que tous les deux sont ensemble maintenant.

Pour en revenir à cet après-midi, je ne vois pas le temps passer ! Je m'applique, j'improvise de petites enluminures, je décore, ma lettre me semble assez réussie. Pour l'enveloppe, je dessine un timbre et le peins avec mes pastels. Je n'oublie pas d'apposer mon tampon de colombe sur la lettre et au dos de l'enveloppe.

Et si je la parfumais aussi ? Après un temps de séchage de l'encre, je la retourne et je projette le parfum de Georges, une ou deux pressions...

Ainsi, il m'accompagnera dans ce travail... Il est l'heure du dîner déjà, je n'ai même pas pu prendre mon jeu télévisé préféré.

Demain, j'irai poster cette première lettre... Je soupire d'aise et c'est le cœur léger que je passe une bonne soirée devant une comédie romantique.

C'est bien la première fois que je ne ressens pas cette lourdeur et cette tristesse dans le cœur quand vient le soir… Je m'endors rapidement et passe une excellente nuit. La matinée du lendemain est consacrée à la fabrication de la deuxième lettre. Comme hier, pas de cuisine ! Il faudra quand même que je m'y remette un peu car bientôt le congélateur n'aura plus de plats à m'offrir !

Après ma sieste, je prends un parapluie car il tombe une pluie très fine et je me lance dans ma promenade, le cœur battant un peu plus fort que d'habitude. J'ai glissé les deux enveloppes dans la grande poche de mon manteau que je supporte encore en ce mois de mars même si le temps s'est bien radouci.

Dans quelle boîte vais-je glisser ma première lettre ? Je décide de marcher assez loin pour arriver à un lotissement qui s'est construit l'année dernière. Je ressens une excitation délicieuse, une sensation que je ne connais pas encore mais qui n'est pas du tout désagréable.

Dans ces lotissements une partie des logements sont dits « sociaux » même s'il s'agit de jolies maisonnettes avec un jardinet, ils sont destinés à des personnes ayant des revenus modestes. Mon choix est fait en passant devant un jardin où un petit toboggan et des jouets d'enfants sont éparpillés sur la pelouse. Ce sera celle-ci. Je passe tranquillement sur le chemin et je fais le tour en prenant un air détaché, je regarde bien aux alentours, je ne pense pas que quelqu'un puisse me voir... Mon cœur bat fort ! D'un geste rapide et de ma main gauche qui ne tient pas le parapluie, je sors la lettre et la glisse dans la boîte... Ouf ! Ça y est le sort est jeté ! Ma lettre s'invitera ce soir quand cette famille rentrera... Je décide d'aller semer mon autre lettre de colombe dans le lotissement qui est à l'opposé de celui-là par rapport à la route principale.

Cette fois-ci, c'est dans la boîte d'une grande maison que je sais habitée par une personne âgée : en effet, un seul des volets des portes-fenêtres de la maison est ouvert, le jardin est en friche... En espérant que la personne pourra lire ma prose avec ses lunettes. Sinon, son auxiliaire de vie qui passe sûrement chaque jour le fera pour elle. La lettre serrée contre moi, je ne marque même pas un temps d'arrêt devant la boîte, je la glisse tout en continuant à marcher. Ainsi, si la personne est derrière sa porte-fenêtre, elle ne pourra pas voir la manœuvre. Nous sommes quand même assez nombreux à faire une promenade dans le quartier, notamment les propriétaires de chiens. Donc je ne serai pas repérée, je l'espère du moins. Je regagne ma maison contente avec le sentiment du devoir accompli : ce soir, je ferai une surprise et des heureux, je l'espère, avec mes petits textes inspirants. On se posera des questions, on se demandera qui a bien pu mettre cette lettre dans la boîte... Je souris, je me sens bien et pourtant il pleut, moi qui suis d'habitude maussade et qui ne sors pas trop par ce temps. J'ai envie de trouver d'autres textes et de préparer d'autres missives...

***

Voici déjà un mois que je me suis muée en colombe, j'ai retrouvé mon dynamisme et la solitude, si elle est toujours réelle, me pèse beaucoup moins. J'ai trouvé un nouvel équilibre de vie, je me sens utile et j'envisage maintenant de prendre ma voiture pour aller distribuer mes lettres un peu plus loin. Il ne faudrait pas que je sois repérée... J'y veille en ne distribuant mon courrier de colombe qu'à des heures et à des jours différents. J'ai ressorti une carte de ma commune qui est très étendue et je coche les endroits de mes envois pour bien m'en souvenir. La confection des courriers me prend beaucoup de temps, entre la cuisine, les tâches ménagères et les courses, je serais même presque trop occupée !

Mon amie de Tours a bien remarqué, au téléphone, mon changement d'humeur, je n'ai pas osé lui avouer ma nouvelle occupation, pas encore... En tout cas, elle m'a félicitée d'avoir ainsi repris le dessus. Je crois bien que je vais lui expliquer ce que je fais...

De toute façon, c'est quelqu'un de très discret et si je lui demande de ne pas en parler à son mari, je sais bien qu'elle ne le fera pas, j'ai toute confiance en elle, nous sommes amies depuis plus de quarante ans ! Et puis, elle projette de venir me voir quelques jours en juin, alors autant qu'elle ne découvre pas tout cela en arrivant ; c'est promis, demain je lui dis tout !

Pierrette a été totalement enthousiasmée par ma nouvelle activité, elle m'a félicitée et encouragée. Je savais bien que mon idée lui plairait. Elle m'a promis de m'apporter quelques livres de poésie et du matériel de courrier dont elle ne se sert plus. En effet, mon amie communique directement sur Internet avec ses enfants et, à part quelques cartes pour le Nouvel An, elle n'envoie plus de lettres.

***

Voici un an déjà que je dépose mes lettres et je viens de recevoir un courrier de l'école du quartier qui m'invite à un après-midi avec les enfants avec d'autres retraités ; pourquoi pas ? Pour une fois que j'ai une invitation, je ne vais pas bouder mon plaisir. C'est bien la première fois que cette initiative est prise ici, peut-être est-ce un projet avec les petits ? Je verrai bien la semaine prochaine…

Ah la là ! Si j'avais su ce qui m'attendait ! Apparemment, les personnes du quartier ont compris que c'était moi « la colombe » et ont décidé de me faire une fête surprise. Lorsque je suis arrivée à l'école, on m'a conduite dans la grande salle qui sert pour la gymnastique et j'ai eu la surprise de ma vie !

Tous les enfants étaient déguisés en colombe avec des ailes en papier crépon blanc et se sont mis à chanter une chanson qu'ils avaient inventée à mon intention tandis que certains les accompagnaient avec de petits tambourins.

Mamy Colombe, notre fée,

Mamy Colombe avec toi on a de jolis courriers,

Mamy Colombe, tu nous rends la vie plus belle

Mamy Colombe, tu nous donnes des ailes

Mamy Colombe, tu es notre mamy préférée...

On a tous envie de t'embrasser !

J'ai été submergée par l'émotion, à m'en trouver mal, on m'a fait asseoir, on m'a donné de l'eau, je pleurais et les ai rassurés bien vite : non, je ne faisais pas un malaise, j'étais transportée par l'émotion car dans tous ces petits, je voyais celui que j'avais perdu trop tôt et qui me faisait ce signe du ciel. « Maman, tu vois, tous ces enfants sont là pour toi, aujourd'hui tu as des dizaines de petits-enfants qui t'aiment ! »

J'ai passé un après-midi inoubliable, les enfants venaient me faire la bise, certains m'avaient fait des dessins, certaines mamans me montraient le courrier que je leur avais envoyé. Le maire s'était déplacé et a fait un discours en mon honneur, le directeur m'a remis le diplôme de la « meilleure mamy » que les enfants avaient décoré. Quand j'ai été en état de parler au micro, j'ai tout de suite posé la question : « mais comment avez-vous su que c'était moi, la colombe ? »

Un papa a alors pris la parole : plusieurs mois après le commencement de l'arrivée de ces lettres mystérieuses, son aîné m'a vue alors que je déposais une lettre chez eux, il revenait de son cours de solfège à vélo et comme il avait entendu parler de ces lettres « bonheur » comme l'on disait, il a tout de suite pensé à cela et a tourné sur le chemin à droite avant d'arriver afin que je ne le remarque pas. Quand je me suis éloignée, il est vite allé ouvrir la boîte et a trouvé la lettre « bonheur ». Il a alors repris son vélo et m'a suivie de loin jusque chez moi.

Voilà, notre Sherlock Holmes, c'est Hugo ! Il a séché le collège aujourd'hui spécialement pour être là ! J'ai vu s'avancer vers moi un grand gaillard, un ado un peu intimidé et je me suis alors levée pour l'embrasser avec chaleur. Le papa étant responsable des parents d'élèves, c'est lui qui a eu l'idée de cette fête, cela a beaucoup amusé tout le monde et voilà !

La soirée s'est finie par un lâcher de pigeons voyageurs dans la cour de l'école et de ballons où chaque enfant avait inscrit un message pour un destinataire inconnu. On m'a demandé si l'on pouvait me copier et si les enfants pouvaient, eux aussi, écrire des lettres bonheur !

J'ai donné mon accord avec enthousiasme, le bonheur est fait pour se multiplier et, plus il y aura de lettres, mieux ce sera... Je viens de téléphoner à Pierrette une fois rentrée chez moi mais je n'arrive pas à trouver le sommeil. Beaucoup de familles m'ont demandé de venir déjeuner chez elles un dimanche, j'ai rempli mon agenda pour des mois !

Cette fois-ci, la solitude ne sera plus ma compagne ! Je suis tellement heureuse ! Je faisais ces lettres sans en espérer de retour pour moi-même, hormis la joie de donner un peu d'amitié et de bonheur et on me le rend au centuple ! Ma vie va changer maintenant, je le vois bien, on a proposé de me rendre un tas de services, de m'emmener en balade... Comme la vie est belle et comme mon Georges chéri doit être content pour moi !

Vous avez aimé ce roman ? Vous aimerez...

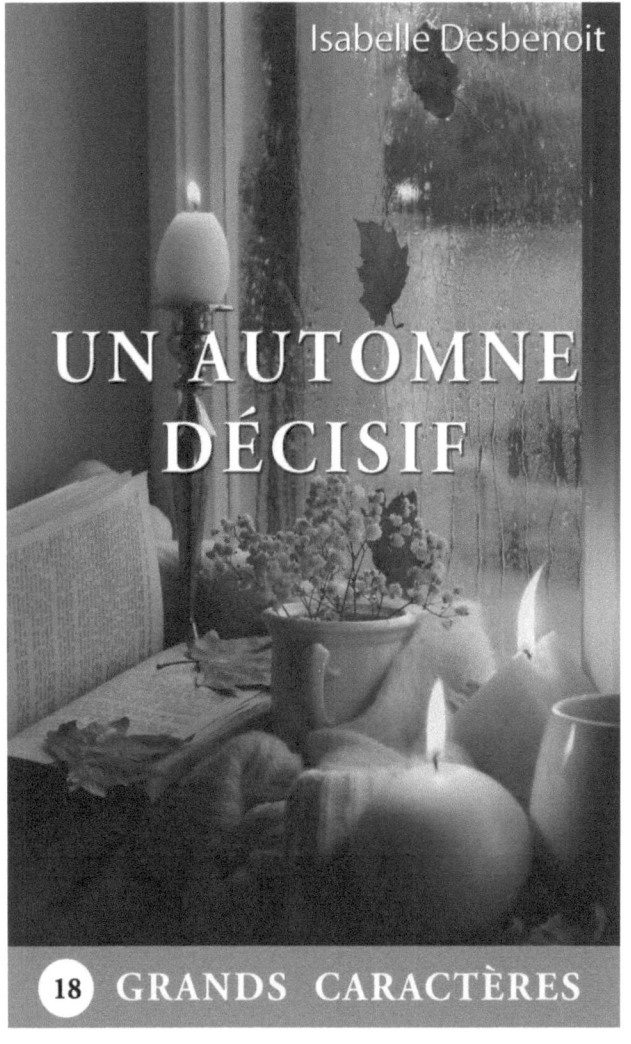